FILOSOFANDO NO BANHEIRO

O LIVRO DE PENSAMENTOS DE TONICO PEREIRA

Caio Bucker (org.)

VERMELHO MARINHO

Organização
Caio Bucker

Editor-chefe
Tomaz Adour

Revisão
Equipe Vermelho Marinho

Diagramação
Marcelo Amado

Capa
Bady Cartier

Foto da quarta capa:
Victor Pollak

Dados Internacionais de Catalogação na Publicação (CIP)
Fabio Osmar de Oliveira Maciel – CRB-7 6284

B922f
Bucker, Caio
Filosofando no banheiro: o livro de pensamentos de Tonico Pereira / Caio Bucker (org.). – 1. ed. – Rio de Janeiro : Vermelho Marinho, 2021.
116 p. ; 21 cm.

ISBN 978-65-86082-48-7

1. Literatura brasileira - Coletâneas. 2. Humorismo brasileiro. 3. Frases. 4. Pensamentos. 5. Pereira, Tonico, 1948-. I. Título.

698-031-21 CDD : 808.882

Índice para catálogo sistemático:
1. Frases : Coletâneas : Literatura 808.882
2. Humor e sátira : Literatura brasileira 869.97

VERMELHO MARINHO

EDITORA VERMELHO MARINHO
Avenida Gilka Machado, 315 – bloco 2 – casa 6
Recreio dos Bandeirantes - CEP: 22795-570
Rio de Janeiro – RJ

Se eu escrevesse tudo que eu penso,
eu não teria tempo pra pensar.

Tonico Pereira

Sumário

Prefácio

"*Tonico Pereira na verdade não existe*". Assim começa o prefácio do livro "Primeiro (e talvez o último) almanaque à mão das Toniquices do Pereira", de 2017. Este prefácio foi escrito pelo mestre Geraldo Carneiro. Agora, neste livro, o prefácio é escrito por mim. Isso que eu chamo de responsabilidade dupla: escrever alguma coisa depois de um texto do Geraldo, e escrever sobre o Tonico.

Para mim, e acredito que para muitos, o Tonico é um verdadeiro mestre. Carinhosamente eu digo que ele é um dos Sócrates da minha vida. Fizemos juntos o espetáculo "O Julgamento de Sócrates", monólogo de Ivan Fernandes inspirado na obra de Platão, onde Tonico interpretou o filósofo com maestria e com sua simplicidade que deixa tudo mais bonito. Ali, comemoramos seus 50 anos de carreira e vencemos seu medo em fazer monólogo. É sério. Ele chegou à conclusão que mesmo em um monólogo, o ator nunca está sozinho: ele tem a plateia. A obra do Platão é realmente fantástica, e o Ivan adaptou muito bem. Mas o que mais me fazia refletir sobre a vida e sobre a arte era o momento camarim antes das apresentações. Com café e cigarros, Tonico proseava, às vezes sentado no vaso e outras deitado no colchão, mas sempre vestindo sua cueca samba-canção cor de vinho. Acho que os encontros com Sócrates eram assim: questionadores e divertidos.

O Tonico precisa ser lido, ser ouvido, ser assistido. Ele diz que é impossível conviver com ele sem lhe ensinar nada. Bonito isso. Mas também é impossível conviver com ele sem aprender nada. Ele vê a arte e o teatro de forma única. Se lhe pedissem para escolher uma palavra que definisse o teatro, eu tenho certeza que a palavra escolhida seria "liberdade". Teatro é liberdade, e liberdade é autonomia, é emancipação. Seus pensamentos são assim: livres. Vagam sem destino e não escolhem onde vão parar. Ele fala pra todo mundo em sua pluralidade mais sincera. Os caretas podem não gostar tanto. E os que não entendem de ironia... ah, esses não vão entender quase nada.

Voltando ao Sócrates: ele é um filósofo que nunca escreveu nada, e Tonico diz ser socrático por também não ter escrito nada. Nem lido quase nada. Mas ele fala que é uma beleza! Acredito que a melhor forma de conhecer alguém é assim: pelos pensamentos e ideais. Decidi observar e transcrever tudo, de 2014 até ontem, porque ele não para de pensar. Ainda bem, né? Tonico faz uma verdadeira filosofia de banheiro, refletindo sobre a vida, a morte, a velhice, o teatro, a política e o ser humano. Capturei seus pensamentos em conversas de camarim, viagens, telefonemas na madrugada e em seus vídeos, que ele grava quase sempre deitado na cama ou no lavabo, também conhecido como seu escritório. Assim nasceu a ideia deste livro, pois eu não poderia deixar de registrar seus pensamentos no papel, a forma mais popular e democrática possível, assim como ele. E assim como o teatro.

Geraldinho, te admiro e respeito sua obra, mas vou ter que discordar de você: o Tonico existe sim. E ele tá vivo pra caralho!

Caio Bucker

Obrigado!

Pois é. Eu fui e sou adotado. Não, não é a adoção que você tá pensando, não. A minha foi radicalmente modificadora. Chegado ao Rio com uma carta de apresentação para treinar no América, nunca, nunca apareci por lá. A boemia que já me frequentava radicalizou-se no Rio. Eu não aguentaria as exigências do profissionalismo. Aí eu trabalhei em loja de eletrodomésticos, escritório e venda de máquinas pesadas, na Varig, banco Halles, banco Crefisul... mas me tornei carente da liberdade. Afinal, eu nunca consegui viver sem ela. Um dia, me ocorreu visitar a minha prima Suely. Ela fazia Letras na UFF. Inaugurei a barca Rio-Niterói, desci e fui andando para encontrar com ela e o marido, naquele momento, já primo também. Luiz Fernando era presidente do Diretório de Letras, e logo me adiantou: "*Antônio Carlos, hoje vai ter a primeira reunião do grupo de teatro da faculdade*". Continuando, ele disse: "*você já fez teatro, vamos lá assistir*". Fomos. O ambiente... o ambiente completamente diferente de um vestiário de futebol. Dentre tantas outras diferenças, a mais importante: a das meninas libertárias de 1968. Todas e todos me receberam com abraços e beijos. Não tive dúvidas: meu lugar é aqui. Aqui mora a liberdade. É o meu lugar. Me senti adotado pelo teatro, que me formou e forma até hoje, como ator e cidadão. Agradeço aos primos Suely "suco de limonada", apelido dado por mim, e Luiz Fernando Gualda Pereira, que abriram as portas à minha adoção. Obrigado, Suely. Obrigado, Luiz Fernando. Obrigado, teatro. Obrigado.

Texto escrito por Tonico Pereira e gravado no dia 17 de maio de 2020 para seu canal no youtube.

Tonico e Sócrates: Os pensadores

O Paraíba correndo e com razão, pois em Campos não deve parar. Lá está a minha Campos e já não posso voltar. A Campos do barbeiro Mário. Ah! O sensato barbeiro Mário, que um dia, a contragosto dos meus pais, num canto de barbearia, entre pincéis, espumas e navalhas, apregoou: "*sai daqui, Cacau!*" Campos já não dá mais. Lá está a minha Campos e já não posso voltar. Obrigado, Mário barbeiro, obrigado, barbeiro Mário. Esse Mário barbeiro foi um dos Sócrates da minha adolescência, entre outros. Como o Seu Xixi, sapateiro italiano, amigo do meu avô italiano que eu não conheci. Ficávamos horas, ele falando da vida e eu da vida escutando. De uma certa forma, ele me sustentou quando no Rio cheguei e fabriquei bolsas e tamancos artesanais, frutos da observação do seu singelo trabalho. Obrigado, Seu Xixi. Mais um Sócrates na minha vida. Depois venci os limites da minha rua e conheci a Campos inteira, com seus malditos canaviais, folhas verdes e finas, estruturais de um sistema, de uma angústia; poucas vezes de um poema. Visitei júris, conheci criminalistas e quis ser um deles, mas me faltaram recursos para tal. Mas não me esqueci das frases ouvidas dos vários júris que assisti. "Um metro e setenta de fezes endurecidas pela canícula solar campista. Câncer da sociedade" - doutor Hécio Bruno. "Ele carregava nos braços o enorme peso de uma frágil menina de 12 anos. E hoje está sendo julgado por um crime. Eu diria, que ele está sendo julgado por ter feito justiça". - Doutor Elmar Martins. "Eu sou apenas um humilde pardal campista que veio pousar nas asas do condor baiano" - doutor Osvaldo Tavares, respondendo ao advogado baiano que perguntara quem ele era. Não preciso dizer que Doutor Osvaldo ganhou o júri. Doutor Osvaldo Tavares tinha certas particularidades como advogado que talvez tenham me atraído a me tornar um deles também. No júri era sempre acompanhado por uma garrafinha de água mineral. Mentira! Era uma garrafinha de água mineral, mas o conteúdo era cachaça. Mais tarde, eu já no Rio, presenciei Doutor Osvaldo ganhar um concurso de ioiô no Silvio Santos. Eu torci muito! Pois é, esses foram alguns dos meus Sócrates na Campos que eu já não posso voltar. No Rio vieram outros: Luís Mendonça, Amir Haddad e José Carlos Gondim, que me ensinaram a tratar a vida e o teatro com liberdade. Obrigado, obrigado, obrigado. Eu acho que posso pensar no Sócrates como meu autor preferido. Afinal, Sócrates não escreveu nada, e eu sou um ator que também não li quase nada. Portanto, na essência, sou socrático. E agora, quando eu sentar ali naquela cadeira, eu tentarei ser esse filósofo que admiro. Espero que vocês gostem dele, tanto quanto eu.

Prólogo escrito por Tonico Pereira, depois do 2º sinal, e claro, antes do 3º sinal que ele pediu para atrasar em plena estreia do espetáculo "O Julgamento de Sócrates".

O monólogo, que comemorou os 50 anos de carreira de Tonico, é uma livre adaptação do texto "Apologia de Sócrates" (escrito em 399 a.C. por Platão), feita pelo autor Ivan Fernandes, que assinou a direção com Tonico, sob direção de produção de Caio Bucker.

Sobre Tonico

Eu nasci de sete meses e fui colocado numa caixa de sapatos envolta de algodão, pois não havia incubadora naquela época. Portanto, eu nasci improvável. Agora, eu cheguei aos 72 anos. E cheguei de forma improvável também.

Quando eu era criança, eu pensava que todo mundo falava a verdade, e que só eu mentia. Ainda bem que eu cresci.

Os meus primeiros bailes com 15, 16, 17 anos lá em Campos, eu me dirigia à dama da seguinte forma: quer me dar o prazer dessa contradança? Era legal. E bonitinho. O tempo passa, mas a gente ainda se lembra.

Só tenho inveja da juventude por um único motivo: eu não tenho mais argumentos pra fazer merda.

Acabei de me descobrir: sou o único fóssil vivo do sistema solar. Eis-me aqui. Admirem-me.

Adoro meus defeitos. As minhas virtudes... eu convivo com elas.

Não sou homem de primeira leitura, e também a última não será limite. As minhas leituras são infinitas.

A ironia é decorrência direta da inteligência. Portanto, ninguém é obrigado a entender o que eu penso, falo e escrevo. Sintam-se livres.

Tá cada vez mais difícil você ser entendido quando você posta uma certa ironia. Afinal de contas, o ITP acaba de divulgar que o índice de inteligência nas redes sociais não passa de 7,3%. Ah, o que é ITP? Instituto Tonico Pereira.

De hoje em diante tudo o que eu postar será destinado àqueles que entendem de ironia. Se não entendem, por favor, continuem a pastar.

Não preciso de ninguém pra falar mal de mim. Eu mesmo falo, só que eu não me ouço bem.

Claro que eu sei que tem muita gente que não gosta de mim. Eu também não gosto de muita gente. É uma simples questão de caráter.

Não se esqueçam de mim, por favor! Porque eu estou me esquecendo de todo mundo.

A idade não me fez mais canalha, não. Mas me deu a oportunidade incrível de descobrir o quanto eu já fui canalha.

Tenho 73 anos e fico feliz por ter chegado ao meu ponto de equilíbrio total, ou seja, sou odiado por 50% das pessoas que me conhecem, e sou amado por 50% das pessoas que me conhecem. Vida boa, equilibrada.

Que bom que existe gente que gosta de mim, apesar de eu ser eu.

Às vezes eu fico pensando que a minha memória não existe mais. E aí, eu fico inventando histórias para que eu as entenda como memórias. Será que é isso? Eu não me lembro.

Eu só atinjo o equilíbrio absoluto quando estou absolutamente desequilibrado.

Eu mergulho em mim mesmo. Fundo, quase me afogo. Tenho todas as experiências do mundo em mim.

As viagens mais importantes que faço, sistematicamente, são pra dentro de mim mesmo.

Em mim, não mora uma identidade só. Moram várias. Sou misto, sou misturado, sou miscigenado. Por fim, sou mestiço.

A única relação que eu me permito com acadêmicos é ser estudado por eles.

Sócrates tem muito a ver com minha formação. Ele não escreveu nada. E eu não li nada.

Não tenho nenhuma pretensão em ser filósofo. Eu apenas gosto de fazer sexo oral com a vida.

Toda vez que eu falo ou escrevo errado, não é uma opção charmosa que eu exerço. É apenas o meu pessoal analfabetismo que se manifesta.

Quando eu escrevo em caixa alta, eu devo deixar claro que não é por arrogância, nem por estar gritando. É apenas por eu conseguir enxergar melhor.

Perdoe os meus erros de português, principalmente os que eu mais noto, como por exemplo, os de concordância. Mas saiba que, por trás desses erros de concordância, eu explicito a minha discordância.

Eu tenho uma particularidade que devo confessar: eu não entendo inglês o tempo todo, não. Só quando traduzem pra mim.

A primeira vez que eu vi a palavra *lockdown*, eu achei, na minha santa ignorância, que era um convite pra suruba.

Vou lançar um livro dirigido aos pré-adolescentes para sua melhor educação sexual. O livro se chamará Contos de Fodas.

Eu invejo os intelectuais porque eles leem pra caralho. Mas aí eu descobri que eles me invejam, porque eu vivo pra caralho.

Sou completamente incapaz. O que me faz fazer as coisas e superar a minha incapacidade é minha santa loucura.

O meu lavabo eu transformei em princípio numa barbeariazinha, e agora ele serve como escritório e estúdio. Tem uma acústica ótima, eu adoro. Aqui eu penso e falo muita merda. Mas eu sempre lavo a boca quando eu acabo de falar essas coisas, seguindo a orientação da OMS. Lavem a boca quando falar merda, por favor.

Eu fiz do meu lavabo um bunker. Aqui, eu tenho certeza que os meus mais estranhos pensamentos estarão preservados.

A minha linguagem é tragicômica, porque eu acredito ser essa a linguagem do homem.

Não é pra entender, mas a minha linguagem interpretativa é assim como uma tragicomédia desconstruída.

Só me ligo em pessoas que não sejam fronteiras pra mim.

Tem muita gente que diz que me conhece. Eu fico surpreso, porque eu mesmo não me conheço. Mas eu tô pensando em programar um dia pra eu me apresentar a mim mesmo.

Eu sou tão claustrofóbico que eu prefiro um sangramento do que um entupimento.

Tem momentos na minha vida que eu gostaria de ser tratado como um vazio sentado num sofá.

Neste momento, eu acabo de fundar o viralatismo, um movimento que percebe que é bom viver com pouco, porém feliz. Inscrevam-se!

Eu acho uma verdadeira invasão de privacidade quando ligam pra mim e eu estou na privada.

Quando eu vejo que uma conta é privada, eu não consigo evitar o mau cheiro.

Eu não sou eu. Eu sou os meus personagens. Mas os meus personagens, todos, sem exceção, são eu.

Não gosto de ser estrangeiro e acho que ninguém deveria gostar. Pelo menos na Terra.

Se me deixarem, eu sou capaz de fazer muitas, muitas coisas. Mas se não me deixarem, eu sou capaz de fazer muito, muito mais.

Me tapem a boca. Me tapem os olhos. Me tapem os ouvidos. Me esmaguem. Isso me incentivará a criar ainda mais.

É uma coisa estranha, mas eu tenho a impressão que eu vivo morrendo.

Dependendo do ponto de vista, eu tô sempre bem: bem mal, bem pior, bem melhor, bem bem. Depende do ponto de vista.

Eu vivo intensamente cada segundo da minha vida. Imagina a intensidade da minha vida inteira?

Hoje eu vivi uma experiência única e muito, muito estranha. Andava pela rua, passando mal de diverticulite, quando eu vi alguém me xingando. E me xingava sabe de quê? De democrata. Pois é, virou xingamento.

Aliás, eu xingo muito. Mas não xingo especificamente ninguém. Eu só xingo para aliviar a minha alma, se é que eu tenho.

Por falta de maiores conhecimentos, eu não sou anarquista. Mas sou anárquico o suficiente para constatar que a hierarquia é uma limitação.

Minha geração deu o pontapé inicial em direção ao obscuro. Tenho que me resignar em virar adubo.

Ultimamente, tenho notado que tem gente que não tem político ladrão de estimação. Mas tem burrice de estimação. É vivendo que se morre.

Tem um pastor aí que apresentou uma proposta de proibição de nomes de seres humanos em cachorros. Eu vou levar essa proposta mais adiante: vou propor que o nome desse pastor aí, de agora em diante, seja Pastor Rex.

Acho que tô começando a me tornar cristão porque eu tô começando a acreditar no inferno. E olha, o inferno é aqui e agora.

Eu respeito profundamente que a religião determine, influa e guie o religioso. Mas não a mim, que não sei ainda se sou agnóstico, ateu ou até mesmo à toa. Eu acho mesmo que eu tô mais pra este último. Vamos então conviver em paz, fazendo da paz a nossa pátria.

Em casa, eu costumo andar sem roupa. Não, eu não sou imoral por causa disso, não! Eu conheço gente, aí sim, que de terno comete muito mais imoralidade do que eu. E essa imoralidade que eles costumam praticar é verdadeira.

Mesmo sem ser religioso, eu tenho a impressão que a internet é o diabo moderno. Com um agravante: ela é útil e muito preciosa, portanto, mais perigosa.

Impregnados pela ignorância, pessoas rebatem palavras que eu simplesmente não disse. Elas imaginaram ou leram errado?

Eu tô achando que a minha televisão é automática, porque eu durmo com ela acordada, e quando eu acordo ela tá dormindo.

Na escala da tecnologia, eu só atingi o liga e o desliga.

Não quero estar à frente do meu tempo. Nem atrás. Eu quero estar atemporal no meu tempo atual.

Eu ia falar "odeio", mas eu acho essa palavra muito forte, e até escrota. Portanto, vou usar "não gosto". Não gosto dos performáticos do adjetivo.

Tenho horror a adjetivos. Acho que adjetivos expressam a pobreza do pensamento.

Meus filhos e netos eu alimento com alpiste, para que um dia se tornem passarinhos livres pra voar.

Tentei me mudar para Pasárgada, não consegui cidadania. Aí me lembrei: Pasárgada é apenas uma utopia.

Tem muita gente que eu amo, mas não admiro. É difícil, mas acontece.

Eu tenho um defeito que eu não consigo superar: eu não gosto de quem gosta de todo mundo.

Qualquer mudança cultural demora tempo. Mas não é pouco não; é muito. Eu falo por experiência própria, né? Eu já fui um escroto. Hoje, eu acho que estou quase conseguindo ser um ex-croto.

Eu vou contar só pra você: dentro do reino da imbecilidade, eu sou espião.

Tem gente que diz que amigo é melhor que parente. Eu diria que inimigo é melhor que parente.

Sou muito maldoso. Muito, muitíssimo. Mas não tenha medo não, eu só uso a minha maldade em legítima defesa.

Sendo profundamente ecológico, não mato a cobra. Mas posso mostrar o pau.

Me perdoem, já cometi todas as loucuras de um macho reacionário. Porém, hoje, eu tenho certeza: sou um macho sensível.

Durante grande parte da minha vida eu fui uma fera. Até que um dia eu me mordi.

Como vocês sabem, eu sou um merda. Mas isso é bom. Porque qualquer coisa acima disso é um puta progresso.

Eu sou muito escroto pra ser amado. Só uma tarada se encorajaria.

O que fomenta a minha maior loucura é o fato de ter que conviver comigo mesmo. Mas é inevitável.

Não acredito que só nos reste uma adaptação rancorosa.

Eu respeito muito a burrice. Respeito tanto que eu evito chegar perto.

Tenho várias culpas. Mas nem sempre eu sou culpado delas.

Eu devo muito à minha autoestima, tanto é que eu adoro a minha feiura.

Quando eu não tenho nada pra fazer, eu durmo, porque quero estar bem acordado quando tiver alguma coisa pra fazer.

Entendam: quando eu fumo, eu não estou fazendo apologia ao fumo. Eu estou fazendo apologia à opção pela liberdade. Só isso.

Em protesto quanto a indicação do azul para o menino e do rosa para a menina, de agora em diante eu passo a andar somente nu.

Em fazendo alguma merda, a primeira pessoa a me denunciar serei eu mesmo.

Não nasci de azul. Também não nasci de rosa. Eu nasci foi nu. Completamente nu. Portanto, eu não sei qual é o meu sexo.

Eu tenho uma particularidade que me encanta: é o fato de gostar de coisas antigas. Objetos, automóveis etc., contanto que seja antigo. Eu criei também uma possibilidade de gostar cada vez mais de mim, na medida em que eu vou ficando antigo.

Para alguns, eu sou o jornal de ontem. Não estou valendo mais nada. Mas meus filhos, em suas santas inocências, acham, não sei até quando, que eu sou a notícia de amanhã.

Tenho andado fora de mim. Será que se eu continuar andando, eu vou me encontrar com mim?

Oh, eu vou logo avisando: não me sigam. Eu também não sei pra onde ir.

Tenho certeza que nunca chegarei a lugar nenhum. Mas também tenho certeza que nunca pararei de caminhar.

Quando eu estiver falando bobagem, presta atenção! Geralmente é quando eu estou falando mais sério.

Eu sou um falador de besteira. Mas pera lá, com conteúdo, porque eu penso besteira também.

Me fazendo de otário é mais fácil distinguir os honestos dos não honestos.

Só sou enganado quando eu exerço a minha opção de ser enganado.

Eu gostaria de ser isento como um cream cracker, mas eu não consigo. Eu tenho muita opinião. Tanto quanto uma pimenta malagueta.

Aliás, tenho opiniões. E tenho constatado ultimamente que é muito perigoso ter opinião. O que fazer se eu não consigo viver sem elas?

Respeito muitíssimo os críticos. Mas a crítica que mais levo em consideração é a autocrítica.

Meu grau de desejo varia à razão direta do meu grau de admiração. Quanto mais, mais.

Entre falar ou ficar em silêncio, eu prefiro o silêncio. É bem mais significativo do que a fala.

Não me julgue apenas por um único ponto de vista. Eu tenho vários pra te oferecer.

Estou em constante elaboração de um projeto sofisticado que me leve a ser cada vez mais simples.

Graças à vida que eu vivi, tem momentos que eu não me lembro dela.

Eu costumo sonhar com o impossível e vencê-lo. Às vezes se torna realidade.

Se me fosse dado o poder de escolha, eu faria sempre o mesmo personagem. E ele estaria na solitária de uma prisão qualquer, de cueca vinho, dormindo o tempo inteiro. E principalmente, sem fala nenhuma. Que delícia que ia ser.

Eu tive e tenho tantas doenças, que eu só posso atribuir a minha sobrevida ao fato de eu ser muito ruim. Muito ruim mesmo. Péssimo.

Sonhar com o que não aconteceu não é loucura. É apenas uma necessidade a ser preenchida.

Transformo tudo em estímulo. Até o pessimismo.

Quando as pessoas me dizem que vai ficar tudo bem, eu prefiro acreditar no meu "sei lá".

Meus piores pesadelos acontecem quando estou acordado. Eles são reais.

Agora eu tô em dúvida: eu não sei se eu tô com insônia ou se tô acordado.

Eu acho que a responsabilidade não dormiu comigo essa noite. Eu acordei relaxado. Que estranho.

Eu vim pro banheiro porque eu precisava contar um segredo pra vocês. Por favor, não fala pra ninguém. Mas é que toda noite eu recebo uma visita maravilhosa. E ela me incentiva muito, eu fico criativo, solto, é uma loucura. O nome? Não, eu não posso falar. Será que eu posso? O nome dela? É Insônia. Linda, maravilhosa! Não conta pra ninguém, por favor?

Decisão tomada: vou começar a fazer exercício diariamente. No mínimo, um minuto por dia. No máximo também.

Eu tô pensando em voltar a lutar boxe. Só é preciso arranjar alguém à altura: tem que ter 1,70m de altura, 70 quilos, ter tido quatro cânceres de bexiga, um tumor no pulmão, operado hemorroida. O joelho e a mão também têm que ter operado. Eu só não vou contar pra ele que eu tenho uma prótese peniana. É a vantagem que eu vou levar pro ringue. Isso eu não vou contar. Vem, filha da puta! Vem!

As doenças cotidianas inspiram o dia a dia dos meus personagens. Eu torno útil as minhas doenças, afinal.

Quero meus pecados presos. Presos dentro de mim. Sufocados em mim. Sem ar para respirar, sem forças para sair. Afinal, meu estoque de arrependimento está no fim.

Sentado numa mesa, eu traço meu destino. Mas quando eu levanto e vou seguir o que eu tracei, eu me embaralho todo.

Assim como eu não costumo ler roteiro, abri mão de ler o roteiro da minha vida. Então é um improviso total.

Esse mês eu vou completar uma idade que eu nunca tive. Não dá para voltar atrás.

Esperar é um verbo muito passivo pro meu temperamento. Só me resta me fantasiar de paciência.

Dizem que as dificuldades só se vencem com Maria. Então vos peço, Senhor, uma Maria por dia.

Tenho várias possibilidades de sobrevivência. A principal delas é respirar.

Eu tenho certeza que quando eu estiver morrendo, eu vou juntar o que me restar de forças e correr pro palco. E então, eu entro em cena e ressuscito.

Não, eu não sou uma pessoa saudável. Muito pelo contrário, eu sou normal.

Todo dia ao acordar eu penso na morte, e isso me impulsiona a fazer o melhor de mim durante o dia.

Nunca tive tempo para construir um projeto de vida. O tempo que me foi dado foi apenas para viver sem projeto.

Fui pra casa esperar o fim do mundo. Aí faltou café em casa. Não dá.

Quando eu morrer, seja original: não fale bem de mim. Fale mal.

Eu sou movido a erro. Procurei o erro num palheiro. Cansei de procurar, não achei. Exausto, sentei, olhei pro palheiro e notei: o erro é o palheiro inteiro. E eu pude continuar. Errando para acertar.

Acho que vou ter que parar de me comunicar através das ironias, porque eu tô perdendo público. A maior parte das pessoas que me seguem não entendem de ironia. O que eu faço?

Enfim, vou fazer uma live dormindo. Convido vocês a virem roncar comigo. Até lá!

Sobre Pereira

Meu nome é Pereira. Tonico Pereira.

Eu tenho um acervo enorme de erros recolhidos e catalogados durante a minha vida inteira. E eles são bem mais úteis que qualquer faculdade que eu tivesse feito.

Nasci levando porrada. Não sou diferente; todo mundo leva um tapinha na bunda ao nascer. Porém, eu, nascido de sete meses, parto difícil, um tapinha não foi suficiente. Levei vários. Vários tapas pelo corpo inteiro. Até que meu pulmão acordou, aí me tornei adicto. E hoje em dia, na ausência de ar, me ponho eu mesmo a me bater, quando não há quem faça isso por mim, é claro. Mas agora, eu te vejo como pessoa que pode me ajudar nessa terapia respiratória. Por favor: me bata! Me bata! Isso! Agora, a outra face. Isso! Ufa! Obrigado e até a próxima falta de ar.

Logo que eu aprendi a escrever, eu me dediquei com uma fissura incrível a escrever cartas. De noite, escrevia. Depois lacrava com o maior carinho. O sono vinha naturalmente, e eu dormia. No outro dia acordava, e ávido, abria as cartas para lê-las em primeira mão. Pois é, nunca usei o serviço dos correios, porque as cartas sempre foram para mim mesmo. E elas me alertavam de muitas coisas.

Estando no carnaval, eu me lembrei de uma história que aconteceu há uns 40 ou 45 anos atrás. Eu tinha uma namorada que ia desfilar no Salgueiro. Como eu não tinha dinheiro pra fantasia, eu me inscrevi como segurança da Liesa. Então, eu fiz o percurso junto dela na pista, como segurança. No final do carnaval, eu ainda ganhei um troco. E olha que na época eu era o Zé Carneiro, do Sítio do Pica-Pau Amarelo. Foi engraçado. Eu, segurança.

Eu me lembro como se fosse hoje: comecei na rua vendendo suspiro, quindim, empada e mariola. Vendi muita coisa na rua. Mas graças ao meu esforço e minha curiosidade, eu ascendi. Hoje, não sou mais o menino da rua. Sou o menino da calçada.

Não tenho muito, não tenho quase nada. Mas tudo que eu tenho, quem me deu fui eu.

Como todo ser humano, eu tenho todos os defeitos do mundo, mas vivo me exercitando para não cometê-los.

Quando eu erro e corrijo, eu melhoro um pouquinho. Você vai dizer que corrigir é fundamental. Não, o erro é fundamental. Ele que dá o pontapé inicial.

A certeza é a manifestação mais burra do ser humano, sem dúvidas. Sem dúvidas?

O fato que mais modifica o homem para melhor é o erro. O acerto é apenas um tédio.

Eu devo deixar claro que sou analfabeto mesmo. Então, qualquer erro de concordância, de troca de "ç" por "ss", não é culpa de ninguém. É mérito meu mesmo.

Se eu fosse filósofo, eu gostaria de ser um filósofo bem popular, andando daqui pra lá ou de lá pra cá, e quando eu chegasse em todos esses lugares, sobre a vida e sobre a morte eu iria versejar.

Às vezes eu sou convidado a participar de eventos que reúnem artistas e intelectuais. Como eu não sou nenhum dos dois, aceito ir como porteiro.

O ato que pratico com maior orgulho é o ato de trabalhar. E quando eu falo trabalhar, não significa o trabalho de ator que eu pratico diariamente. Mas o trabalho que qualquer um pratica e deveria se orgulhar sempre.

O meu trabalho eu vendo sem nenhum cabotinismo. Eu tenho impressão que ele vale alguma coisa. Já as minhas opiniões, independente se elas são boas ou ruins, eu não venderei jamais. Fiquem avisados.

Toda vez que eu começo um trabalho, eu persigo a imperfeição perfeita.

Eu estou cada vez mais convencido de que o sucesso não tem nada a ver com a qualidade. Por isso, eu persigo doentiamente a qualidade.

Nos meus trabalhos, eu sempre incorporo as sujeiras da vida.

Eu não me sentiria bem se me sentisse importante. Eu não seria eu.

Definitivamente eu não gosto de gente que trata mal aqueles que eles acham que são subalternos a ele.

Não gosto de dever, mas dever me ajuda a viver. Eu não morro porque eu estou devendo.

Uma vez respondendo a perguntas de um entrevistador numa rádio, ele me perguntou que tipo de mulher eu gostava. Eu claramente falei: as inteligentes. Ele tentou me sacanear, perguntando: "*ué, como você sabe que ela é inteligente?*" - Geralmente as inteligentes me preferem.

Eu não descubro que sou homem quando eu trepo com uma mulher. Pelo contrário, é quando eu não trepo com essa mulher por não amá-la e não admirá-la.

Preciso que você me ame irrestritamente, porque restrito basta eu.

Eu adoro a sua pureza. Se eu pudesse, e é claro, se você quisesse, eu te poria num bordel. Se você quisesse, é claro. Porque eu adoro, eu adoro a sua pureza.

Se eu te amasse e se você me amasse, e se você tivesse com o vírus, eu pediria pra você me abraçar, me beijar muito, e por fim, cuspir na minha cara. Se eu te amasse e você me amasse. Mas pode cuspir assim mesmo.

Reconheço a inteligência de uma mulher quando ela, diante de várias ofertas, prefere a mim.

Quando as opiniões convergem para um destino ou uma direção só, eu me permito parar e pensar, e ver se esse destino é o destino certo.

Opinar posso. Julgar jamais. Julgar não está na minha enorme lista de defeitos. Já opinar, posso.

As minhas ideias são fortes. Tão fortes que eu tenho medo que elas deem a mão e arrebentem a minha cabeça, e saiam por aí, modificando o mundo.

Eu provoco a briga só pra depois viver a paz.

O mundo sexual hoje em dia é plural, é vasto na sua tecnologia e na sua prática. Ninguém é obrigado a entender todo esse mundo. Eu, por exemplo, confesso que tem coisas que eu não entendo e passam até longe do meu universo.

Mas, o mais importante de tudo, é que mesmo longe do meu universo, eu respeito. Tenho que respeitar todas as opções e práticas sexuais, ou então eu seria um cidadão menor. Um homem menor.

Tem horas que as pessoas falam baixo e sem me olhar. Eu tenho a impressão que elas não querem que eu ouça. Sabe qual é a minha reação? Lanço-lhes pensamentos ferinos e mortais.

É uma pretensão minha, mas eu gostaria de ser cidadão do mundo, porque eu odeio fronteiras mesquinhas.

Eu não gostaria de ser queridinho pra ninguém. Eu gostaria de ser necessário.

No particular, não fui, não sou e não serei herdeiro de ninguém. Em compensação, herdei o mundo com suas mazelas e virtudes. Portanto, sou um homem rico.

Tenho constatado ultimamente que eu sou querido por crianças e idosos. Pelo menos eles são sinceros, e isso é legal.

Eu tenho sido constantemente agredido nas redes sociais. É engraçado, geralmente por pessoas que não têm o pensamento muito claro, mas eu informo isso a elas. E não me atingem mesmo, sabe por quê? Porque eu sei quem eu sou, mas essas pessoas não sabem quem são. Ou melhor, não são nada. E nem isso descobriram ainda.

Entendam: a minha principal ideologia não é partidária. A minha principal ideologia é a justiça.

Eu não sei se incentivo juízes a voltarem ao trabalho ou que permaneçam em greve com todo meu apoio. Pelo menos em greve, eles não vão fazer merda. Penso.

Não acredito na inteligência daqueles que dizem que não se arrependem de nada.

Peraí, peraí, deixa eu ver se eu entendi. Não pode brincar carnaval, não pode fumar, não pode beber, cheirar nem pensar. Mas mentir pode?

O único verbo que eu sou absolutamente contra é o verbo "proibir".

E se existe uma palavra que eu não gosto e me traz um sentimento de opressão, que eu acho feia e indigesta, essa palavra é "pelotão". Você gosta?

Existem bandidos e bandidos. Eles são meus inimigos. Mas eu prefiro aqueles que se identificam, que são o que são, e não os que se escondem atrás de togas e ternos.

Eu confesso que eu tenho um trauma. Um trauma de não ter tido liberdade durante um certo momento histórico do Brasil. Esse trauma me persegue. Me persegue com a possibilidade disso voltar a acontecer. Ou melhor, já está até acontecendo. Então, eu peço desculpas àqueles que não viveram esse período e que não sabem o que é isso. Que vivem pensando que são livres nos momentos atuais. E pensando que serão livres nos momentos futuros se tudo sair de acordo com o que eles querem.

Eu fui renovar minha carteira de motorista, que é remunerada, e fui obrigado a fazer o psicotécnico. Tudo bem. Mas eu gostaria que fosse exigido psicotécnico a todos os cargos políticos do governo que está aí. Já pensou se eles não passam? Bem provável.

Se um dia tiver que ser julgado, eu gostaria de ser julgado pelo meu pai. Se ele é juiz? Não. Mas é meu pai, porra.

Um dos direitos que conquistei é o de admirar e elogiar. E eu tento exercê-lo da forma mais isenta possível.

Meu projeto libertário de vida é tão profundo que não findará com minha morte, mas seguirá para sempre.

Tem gente que faz planos e estabelece metas. Eu apenas sobrevivo. E por isso eu não tenho tempo para planejar.

Tenho a impressão de que as pessoas pensam que a plenitude é uma meta a ser alcançada lá no alto, no infinito. Eu penso que a plenitude cresce em volta de você. Rodeia, vai aumentando. E você fica ali, no meio da plenitude.

As possibilidades que o ser humano tem de evolução são tantas quanto as respirações que ele conseguir em vida.

Eu gostaria, de verdade, que o Natal existisse, que Papai Noel existisse, e que visitasse todos os lares do mundo de forma indiscriminada. Mas o que eu noto, infelizmente, é que o Natal é a maior chantagem comercial.

Tenho uma especial admiração pela cultura e pelo povo nordestino. E eu sinto isso à medida que eles se orgulham de ser nordestinos. Eu gostaria também de ser. Tenho um pé, mas poderia ter um corpo inteiro, e principalmente cabeça e alma.

Me orgulho do meu filho, me orgulho das minhas filhas. Todos eles sabem mais do que eu. Não é só por isso. Mas eles sabem mais do que eu.

Tenho um pesadelo recorrente e acordo péssimo. Eu sempre sonho que os meus filhos estão em perigo, e eu só tenho a oportunidade de salvar um. Geralmente, é afogamento. E essa opção eu exerço da seguinte forma: eu me afogo junto com todos eles. E acordo suando.

Sou irmão de todo mundo, e todo mundo é meu irmão também. Com alguns, chego até a me dar bem.

A minha última esperança é o Antônio Conselheiro.

Que? Morreu?

Então, fudeu.

Evoluindo culturalmente, aliás, a única evolução realmente substantiva, verdadeira e necessária, fatalmente o evoluído se dará conta do quanto já foi escroto em seus primórdios da vida social. O duro é conviver com as culpas arrependidas até o fim dos dias que viveremos. É um depoimento pessoal do cidadão Tonico Pereira, pretensamente evoluído.

O fascismo, a homofobia, o racismo e os preconceitos em geral não obedecem decretos nem leis. Leis existem para serem desobedecidas com naturalidade. A possibilidade de mudança real e concreta é a cultural. Isso pode levar cem, duzentos anos ou mais. Temos que ter a humildade de semear agora a semente que brotará quando já não estivermos por aqui. Mas nossos netos, bisnetos e adiante, viverão um mundo mais justo. E porque não dizer, mais feliz?

Eu particularmente penso que o homem é Deus. Por ser o homem, o Deus que acredito é frágil, como todo ser humano, como todo homem. E se ele tivesse forças o suficiente, ele decretaria agora, neste exato segundo, que na Terra não poderia morrer mais ninguém.

A doença só se aproxima de mim quando eu não estou trabalhando. Então, eu deduzo que o trabalho me salva.

A vida nunca me deu a chance de fazer alguma coisa mais ou menos. Se eu fizesse mais ou menos, eu não sobreviveria.

Nesses últimos dias eu tenho me sentido como um polvo. Um polvo cheio de amor pra dar. A cabeça em total empatia pelo humano. Meus tentáculos, cada um com uma missão específica de proteção aos meus filhos, netos, companheira, pai, irmãos e amigos. E vocês, se precisarem, não se acanhem. Eu tenho a infinita capacidade de fabricar tentáculos amorosos.

A proximidade da morte me leva a avaliar a vida, e eu me pergunto: valeu a pena? E eu me respondo: sempre. Sempre valerá.

Sobre ser véio

Eu sei que eu estou ficando um velho chato. Mas é só amor.

Não tenho mais idade para esperar.

A idade é uma conquista. Só os imbecis não veem.

Quando me chamam de velho ou quando eu vejo alguém chamar alguém de velho de maneira pejorativa, eu rio. Mas rio muito, porque o emissor do xingamento ignora que se ele conseguir sobreviver, será velho também um dia. Então, a única coisa que eu posso dizer a essas pessoas que chamam os outros de velho, é que são no mínimo ignorantes.

Depois de uma certa idade, não se levanta rápido da cama sem o risco de ficar tonto. É o que eu chamo de maresia do idoso.

A idade te leva a situações emocionantes como, por exemplo, tentar entrar num quarto de hotel que não é o seu.

Enquanto jovem, faça um exercício: imagine-se velho, bem velho, porque aí você não se surpreenderá quando a velhice chegar. Eu fiz isso a vida inteira. Estou tranquilo.

Sou velho, mas também sou empreendedor: sou o véio de Havana.

Eu juro que eu não estou falando em causa própria, mas eu já sou considerado velho. Mas não é de mim que eu tô falando; eu tô falando dos velhos que me formaram. Desde os teatros, foram eles que me plantaram feito muda no jardim da vida. Jovens, por favor, ouçam os mais velhos! Criem essa situação de oralidade entre vocês. Ela será importante durante a vida inteira.

A minha idade até agora não me afetou, de jeito nenhum. Eu conservo, por exemplo, a agilidade das minhas mãos. Parece um beija-flor, obviamente, beijando a flor. E a minha cabeça? A minha cabeça continua maravilhosa pensando de forma total. Podemos fazer um teste: o que vocês acham que eu estou pensando agora? Hã? Se você respondeu que eu não estou pensando em nada, realmente você acertou. Porque eu sou uma pessoa muito clara na minha idade. É fácil descobrir o que eu penso e o que eu faço com as mãos. Mãos de beija-flor.

A idade, por ser idosa, me proporciona saber o caminho certo. Essa mesma idade, por ser idosa, não me proporciona saber onde vou tropeçar.

Eu estou ficando idoso. Aliás, eu estou idoso. E isso tem despertado em mim uma necessidade enorme de espiritualidade e religiosidade. Então, eu vou fazer o seguinte: vou aderir e participar de uma igreja. Uma não, várias. Aliás, todas. Todas as igrejas. Mas para isso, será preciso que essas igrejas doem todo o seu patrimônio aos pobres, aos fiéis. Então eu conclamo a igreja católica a fazer isso, as igrejas evangélicas a fazerem isso, e seus bispos doarem tudo aos pobres. Aí sim, eu serei participante ativo dessa igreja. Eu, idoso e convertido.

Pelo menos a idade me trouxe um pouquinho de sabedoria para descobrir o quão muito eu errei pela vida.

A idade me fez mais velho, é óbvio. Mas a idade me trouxe uma outra grande vontade, que é de ter melhorado. Melhorado como ser humano. Eu que fui um chucro, hoje posso dizer que sou bem melhor do que antes.

O ápice da velhice é alcançado quando você não tem mais a obrigação de ver, de ouvir e de falar. A sua única necessidade será comer e ir ao banheiro. Ou seja, é voltar a ser criança.

Chegando a idade, preserve a qualidade. O resto é bobagem juvenil.

Sobre ser humano

O ser humano é indefinido por excelência porque ele é muito plural para caber numa simples definição.

Se todo ser humano na Terra, durante o seu dia de 24 horas, dedicasse três segundos a pensar na morte, nós estaríamos bem melhor.

A relação entre seres humanos é a mais difícil possível. No entanto, também é a mais rica.

O que me interessa é o ser humano, seja de qualquer gênero. Aliás, eu acho o ser humano maior do que qualquer gênero.

A comédia não existe sem a tragédia e vice-versa. Por isso que eu procuro sempre uma linguagem tragicômica, que aliás, é a linguagem do ser humano.

O ser humano que diz "eu não me arrependo de nada", é apenas um ser humano sem reflexão.

O homem nasce com a possibilidade de atingir o pleno, a plenitude. Não é fácil. 100% eu acho que ninguém conseguiu. Agora, os que conseguem o mais próximo de 100, sem dúvida, trilharam o caminho da curiosidade, do estudo e da cultura. Vamos por aí. Chegaremos bem longe.

Tem certas pessoas com um semblante tão enfezado, que como a própria palavra diz, só podem estar com prisão de ventre.

Quando se é jovem tem uma vida inteira para se arrepender. E lembre-se: arrependimento é sinal de inteligência.

O ser humano é suficientemente sofisticado para dizer não quando está dizendo sim.

Ao malicioso são dadas várias opções, inclusive a de não ser malicioso. Ao inocente, apenas uma.

Eu sou otimista, mesmo que isso me faça um pouco babaca. Eu sempre acho que o ser humano é uma possibilidade, mesmo sabendo que isso é impossível.

Tem pessoas que não falam; apenas adjetivam. E quando isso acontece, ela nunca será substantivo.

A dignidade humana não tem nada a ver com seu sexo nem com sua orientação sexual. Ela está ligada ao fato de você ser humano e digno. E às vezes você se manifesta indigno explorando, roubando, charlataneando. Dignidade humana é ser humano pleno.

Não é o sucesso, não é o prestígio e não é o dinheiro que faz um homem pleno. O que faz um homem pleno é a autonomia.

Somos todos essencialmente diferentes. Portanto, e por isso, somos todos essencialmente iguais. Respeitemo-nos.

Um homem não pode ser apenas um homem. Ele tem que ter como meta ser vários e diferentes homens. Essa é a razão maior da sua riqueza.

O ser humano só passa a existir à razão direta da evolução do seu próprio pensamento.

É impossível viver com mediocridade. Às vezes é melhor conviver com pessoas que estão abaixo da linha de mediocridade. Elas, possivelmente, serão mais interessantes que os medíocres.

A única possibilidade real de evolução do ser humano é a evolução cultural. As outras são simplesmente acessórios.

A partir de agora eu proponho que a gente desenvolva uma pesquisa de autoconhecimento, porque até então nós não sabemos quem somos. Vai por mim.

Talvez um dia, quem sabe, os historiadores cheguem a uma única conclusão: de que o ser humano contaminou o vírus. E não o contrário.

Ao perder, temos que ter maturidade. Ao vencer, também temos que ter maturidade. O que não podemos é, diante das duas possibilidades, agir como crianças mimadas e contrariadas.

Há algum tempo, não muito, a maior atividade do ser humano, e às vezes até compulsória, era o pensar, era o pensamento. E todos nós achávamos que isso não seria superado por nenhuma outra atividade. Pois é, nós nos enganamos. Hoje em dia, a maior atividade do ser humano é o uso do celular.

Todo mundo tem o direito absoluto de ser o que quiser ser, contando que pense para ser.

Onde estamos? Sabemos.
Onde queremos chegar? Sabemos.
Chegaremos? Não sabemos.

Sobre pensar

Pensar é um dos crimes mais antigos da humanidade, e o pensar é punido de várias formas, porque pensar atrapalha a existência da ignorância, da política mal feita... E tudo isso, você pensando, tem a oportunidade de colocar em discussão.

O que mais faço e gosto é pensar. Tanto que o faço até quando não quero fazê-lo.

Pensar e fazer são os meus verbos. Mas às vezes eu inverto.

O pensamento é o que nos difere de outros animais.

Às vezes me chamam de pensador. Não sou, nem tenho a mínima pretensão de ser. Eu apenas penso a dor.

Eu estou cansado de discutir com quem não pensa, e que quando pensa, expele merda pela boca.

Eu tenho muito cuidado ao abordar uma pessoa. Tenho medo de ferir o seu pensamento.

Com a morte de pessoas ligadas ao meu pensamento, eu sinto que a minha história está ficando órfã.

O pensamento se auto explica com a clareza da sua simplicidade. A verborragia sobre o pensamento apenas o deforma, porque é de menor qualidade.

Eu tenho duas compulsões: uma por pensar, outra por expor o que penso.

Debaixo dos caracóis dos meus cabelos existe uma careca pensante.

A quarentena tem me oferecido a oportunidade de viver enormes experiências, todas elas através do pensamento. Isso também me levou a pensar que eu sou capaz de, por exemplo, viver preso. Porque você tendo o seu pensamento ao seu lado, você nunca estará só. O pensamento é uma companhia maravilhosa. Ele me conforta, ele me faz ter aventuras imensas. O pensamento é a melhor companhia do homem.

Gosto da pequena frase que contém grande pensamento.

Não acredito em ditadura de pensamento. Acho que pensar é libertador. Pelo menos pra mim.

A liberdade de pensamento é uma realidade, porque ninguém impede ninguém de pensar, ninguém censura ninguém de pensar. Já na expressão do pensamento pode existir censura, e existe. O Brasil está cheio dessas repressões. O pensamento, quando explicitado pela fala ou pela escrita, tem um poder de censura muito grande.

Ô Sócrates, me dá uma luz aí! Só sei que nada sei, é isso? Eu acho que eu tô pensando assim também.

Sobre amigos

O único elogio que eu levaria a sério seria aquele que fosse de tu pro inimigo. Dos amigos, não. Eles são amigos.

Tenho bons amigos, mas muito poucos. Pouquíssimos. Então, na minha nova empreitada teatral, ao invés de fazer lista amiga, eu vou fazer lista inimiga, porque inimigos eu sei que tenho muitos.

Fernanda Montenegro, você é mentirosa. Você não está fazendo 90 anos. Não minta! Você tem a idade do mundo. Quando você estiver a caminho da fogueira, olhe pro seu lado esquerdo. Eu estarei lá. E com aquele olhar libidinoso que você sabe fazer, me convide. Eu terei a imensa honra de ser queimado junto de você.

Elza Soares não precisou morrer para virar entidade. Virou em vida. Pois ela vive com a urgência dos necessitados.

Anos atrás, eu escrevi um livro, e eu não tinha autocrítica suficiente pra entender que o livro era uma merda. Mas uma merda mesmo, muito grande. Mas ele se salva num aspecto: o prefácio escrito pelo Geraldinho Carneiro. Ele faz uma descrição de mim tão perfeita, que eu acho até que ele me conhece bem. Obrigado, Geraldinho, por fazer com que meu livro seja lido pelo menos nas primeiras páginas.

"Eu não sei se é um penico, eu não sei se é uma cadeira. Será que é um maçarico ou será que é uma toupeira? É muito pior que isso, é o Tonico Pereira". Isso aí foi feito pelo Juca Filho. Ele disse que é em minha homenagem. O que vocês acham?

Sobre atores e teatro

O teatro se inicia ao mesmo tempo que o primeiro homem conseguiu pela primeira vez respirar na Terra.

O teatro não é maior que a vida. Ele tem o tamanho exato da vida.

Para acabar com o teatro, só acabando com o ser humano. Porque o teatro é o intrínseco do humano.

O que mais me surpreende no teatro é entrar em cena e não saber para onde o personagem vai, nem o que ele vai falar. Isso eu classifico de vida.

O ator em cena tem que estar sempre atento, aberto e pleno para incorporar tudo que possa acontecer de vida na sua interpretação. Por isso que eu sou estranho com relação à concentração. A concentração predispõe um caminho único para a interpretação, e isso não deve existir a partir do momento que interpretação é vida. Ou seja, concentração só até certo ponto. Corta.

Eu sou um ator muito cuidadoso com a minha voz, e antes de entrar em cena, eu sempre faço questão de esquentá-la. Para isso, eu uso um cigarro.

Senhores atores e senhoras atrizes: cuidado, muito cuidado ao aprofundarem os seus personagens. Isso pode levá-los a despentear os cabelos e borrar a maquiagem.

No início dos meus trabalhos como ator, eu sempre tentei priorizar as minhas eficiências, e elas eram muito poucas. Então, o que eu fiz? Comecei a priorizar as minhas deficiências. E elas sempre foram muitas, e me levaram a chegar até aqui. Acho até que sou um ator legal.

O ator tem que ser humilde na vida e na abordagem dos seus personagens, ou estes serão sufocados pelo desempenho egoico do ator.

É essencial ao ator saber ser ridículo.

Não tenho nenhuma estrutura pra ser ator. Tenho estrutura pra ser personagem.

Eu tentei fazer o Sócrates no teatro Candido Mendes, no Rio de Janeiro. Foram me assistir o meu casal de gêmeos, Antonio e Nina. Ao final do espetáculo, no momento particular que tivemos, o Antonio – que é dois minutos mais velho que a Nina – disse: "*pai, você é foda*". No que a Nina – dois minutos mais nova que Antonio – retrucou: "*foda mesmo*". Aí eu pergunto a vocês: eu preciso de crítico?

Quando eu estreei em teatro no Rio de Janeiro, alguns atores mais velhos, e portanto bem mais experientes que eu, me aconselharam a fazer um investimento que seria profundamente lucrativo pra minha profissão e pra minha carreira. Eu relutei muito, mas passados cinco anos, eu fiz esse investimento: eu comprei um casal de público, de bom nível, e eles finalmente prosperaram, proliferaram, e hoje eu consigo inclusive encher um teatro. Eu, sozinho em cena, graças a essa criação de público.

Não gosto de laboratórios, não sou chegado a eles para encontrar personagens. A mim, basta a minha vida para alimentar meus personagens.

Faço teatro com as minhas falhas, não com as minhas virtudes.

Não faço teatro, não faço cinema, não faço televisão. Tento fazer vida, e às vezes eu consigo um pouquinho.

O ator que se considerar pronto, será apenas um burro a mais na profissão.

Não sou especificamente ator de teatro, não sou especificamente ator de cinema, não sou especificamente ator de televisão. Eu sou apenas especificamente ator.

Há uma grande diferença entre fazer um personagem e ser um personagem. Eu particularmente prefiro ser, ou tento ser, com todas as minhas dores de barriga.

Poucas vezes na minha vida eu procurei emprego como ator. Talvez uma, duas ou no máximo três vezes. Mas muitas vezes, ou melhor, todas as vezes que eu entrei em cena, eu me fiz ou tentei me fazer necessário. É o que mantém a minha carreira.

Atuar não é prioritariamente acertar, e sim conflitar o tempo inteiro.

Em verdade, eu apenas exponho os meus personagens com maior ou menor eficiência. Eles, em verdade, existem muito, mas muito antes de mim.

Tenho orgulho dos meus personagens. São ricos em defeitos. Portanto, têm um alto índice de humanidade.

Gosto de diretores que me perguntam o que eu acho, e que me ouvem com sinceridade dizer o que eu penso.

Nada mais comum do que um ator. Quanto mais comum, melhor.

Ser um bom ator pra mim é ser o mínimo ator possível.

Numa cena, nunca emito uma fala sem reflexão. Essa sempre deverá preceder a fala. Senão, essa mesma fala viraria uma pedra e atingiria a cabeça do seu interlocutor. E se ele fizesse a mesma coisa que você, a cena não passaria de uma guerra de pedras. Cuidado com as cabeças.

De agora em diante, eu serei um ator sério. Só farei comédia.

Atendendo a pedidos, eu dou a minha receita: para ser ator, você tem que ser, antes de tudo, um escroto. Muito escroto. Mas nunca hipócrita.

O ser humano, prioritariamente, e o ator, necessariamente, têm que conhecer o ser humano. E quem é que está mais próximo deles? O ser humano que ele é. Portanto, quer aprender, quer saber de si? Mergulhe-se em si mesmo, vá nas suas entranhas, no seu mais profundo, e você sairá de lá com uma experiência super importante e agradável, porque é a experiência de conhecer-se.

Tem alguns atores que levam a sério somente a comédia. Tem outros que levam a sério somente a tragédia. Eu não gosto disso não. Eu quero ser um ator tragicômico, porque essa é a linguagem do ser humano. Nada de radicalismos.

Vez por outra eu vejo atores fazerem cena de morte com tanta energia que a morte se torna uma incoerência.

Recorrentemente me perguntam como eu faço e de onde eu tiro os meus personagens. Eu não tenho dúvidas de dizer que eu tiro de mim mesmo. Todos os que eu já fiz foram tirados de mim. Aliás, os do futuro também serão tirados de mim. Tenho vários aqui dentro, tenho todos os personagens do mundo dentro de mim. Não é difícil eu me relacionar com eles. Eles são a minha quadrilha, eu sou apenas o chefe deles. Todos dormem, acordam e vivem comigo.

A única coisa que eu tenho certeza quando eu entro em cena é que eu posso errar. E isso me dá uma liberdade...

Quando eu fiz o rei Cláudio, em Hamlet, a crítica Barbara Heliodora disse que eu não tinha físico para fazer um rei dinamarquês. Longe de mim querer fazer um rei dinamarquês! O que eu queria era fazer o poder no Brasil. Paulo Henrique Amorim assistiu e falou: "*O Tonico está fazendo o Antonio Carlos Magalhães. Até a bundinha xoxa ele tem*". Isso é entender de política. Isso é entender de teatro e, principalmente, entender de vida. Não quero ser dinamarquês.

Uma interpretação só será boa se primeiramente ela agradar ao ator. Mas para isso, é preciso que o ator tenha uma enorme autocrítica.

Não é a forma que determina o alto grau de maldade de um personagem. Às vezes, muito pelo contrário: quanto mais doce, pior.

O desafio do ator é esquecer o texto decorado e falar o mesmo o mais pensado possível.

É como se você armasse uma armadilha pra você mesmo cair. É isso que eu acho. O fato correlato a isso é o ator que planeja chorar em cena. Então ele já começa a cena com esse sentimento na cabeça. Tá errado. Faz a cena, vai fazendo e se emociona na real, no decorrer. Você não pode adiantar o fim. O fim vem na hora do fim. O início é apenas um ponto de partida para se chegar ao choro ou apenas a uma emoção mais forte que o próprio choro.

O autor geralmente persegue com a sua dinâmica, ao escrever, a perfeição, claro. E tem um detalhe: ele escreve geralmente sozinho, então ele impõe a perfeição do seu pensamento. O diretor vai mais ou menos por esse mesmo caminho, ou seja, imprime na sua direção o sentido também de perfeição, só que ele tem um elenco que pode até questioná-lo. Já o ator e a plateia, esses sim, são aqueles que navegam no mar que, ora pode estar revolto e ora pode estar em paz, mas que não sabem onde a sua obra vai terminar. E como vai terminar. Esse é o ator. Esse é o espectador.

Quem trabalha com interpretação, portanto, interpretando, jamais pode dizer que está pronto. Porque, como na vida, a interpretação é processual. Não acaba nunca.

Para mim, a interpretação é a linguagem solo de tudo que temos dentro de nós ao mesmo tempo. Explico: ela é a racionalidade da emoção e a emoção da racionalidade. É ao mesmo tempo o texto, o pensamento, a ação, a pausa, a reticência, o olhar, o riso, o choro, o corpo, o espaço interior projetado, o espaço exterior assimilado, o prazer circulando pelas veias. Tudo ao mesmo tempo se explicita com a grandeza ou pequenez do ser humano que somos, com todas as interrogações e exclamações possíveis. E viva o ser humano pleno, em cena, com todo este arsenal exposto. Interpretar é um sonho realizado. É o que penso.

Sobre ser artista

Aviso aos navegantes: o fato de ser ator não significa que você seja artista.

Vulgarizaram tanto a palavra artista que hoje em dia você querer ser um artista é sinônimo de querer ser um imbecil.

A glamourização do ator não tem nada a ver com qualidade. Aliás, muito pelo contrário. Pelo que tenho observado, hoje em dia é mais fácil ser artista do que ser ator.

No aeroporto, um casal sorridente se aproxima e diz: "o senhor é tão simples que não parece artista". E eu respondo: "é que eu não sou artista, eu sou ator".

Eu não gosto de uma convocatória a mim dirigida como se fosse uma convocatória a artistas e intelectuais. Eu não sou artista e muito menos intelectual. Eu sou cidadão, e tenho como profissão o fato de ser ator. Só isso. O resto eu acho um exagero besta e imbecil. Isso só mantém distância daquilo que eu sou realmente: povo brasileiro.

Assim como a classe média se acha rica, o ator normalmente se acha artista. Não é assim, não somos artistas. Até podemos ser em algum segundo da nossa vida, mas isso não é um privilégio do ator. É o privilégio de todo trabalhador e de todo ser humano ter o seu momento artista durante sua vida.

Gente, por favor: eu não sou artista. Artista é o Leonardo da Vinci. Eu cheguei no máximo a umas cinco.

Sobre exploração

O crédito é o maior inimigo financeiro do homem.

Você quer mudar o mundo financeiro? Mas quer mesmo? Eis a receita: nunca compre a crédito, e nunca peça dinheiro emprestado. Pronto, mudou. É só isso.

O Brasil tem um câncer. A economia brasileira é gerida por um câncer, e ele tem nome. Ele se chama bancos.

Vocês não acham, pelo menos estranho, que todo Ministro da Economia brasileira é um bancário altamente graduado ou logo um banqueiro? A quem eles vão servir? Ao povo brasileiro, à economia brasileira ou aos bancos?

Antigamente os agiotas exploravam os necessitados, emprestando dinheiro a juros altíssimos. Mas corriam o risco de até serem presos por isso. Hoje, eles estão sendo substituídos cada vez mais pelos bancos, que exploram os necessitados com juros mais altos ainda, mas sem nenhum risco de serem presos. Engraçado, né?

O povo brasileiro comemora a queda dos juros do cartão de crédito de 490% para 422%. Ou seja, apenas tiraram um bode da sala de jantar. Mas os juros, meu Deus, continuam estratosféricos, e porque não dizer, escravizadores. Não há o que comemorar.

O mesquinho e abstrato mercado financeiro determina com as suas escandalosas operações financeiras o destino trágico e real do povo brasileiro.

Bancos não geram riqueza. Quando eles se apoiam em juros de até 400% ao ano, o que eles geram é desespero.

A prova cabal de que a economia não tem nada a ver com o povo, é quando se prioriza a economia em detrimento da vida de um povo.

Sobre hipocrisia

Eu tenho a loucura dentro de mim, mas deixo ela solta. É uma maneira de eu ser ou não ser hipócrita.

É preciso ter muito cuidado pra não transformar a elegância, a cortesia e até mesmo a educação, apenas em hipocrisia. Cuidado.

Só a falta de caráter permite que todo mundo seja amigo de todo mundo.

Não sou hipócrita o suficiente para nadar sempre a favor da correnteza, mesmo porque as águas desse rio são sempre poluídas e sujas. Eu diria mesmo que hipócritas demais pro meu gosto.

Os hipócritas hoje não ficam mais em cima do muro. Ficam em cima de uma muralha.

Eu nasci escroto. Muito escroto. Mas com os anos eu fui evoluindo, evoluindo, evoluindo, e hoje eu sou escrotérrimo. Mas nunca fui hipócrita.

Se um dia me acusarem de hipócrita, eu concordarei com a acusação só pra tornar o ato ainda mais ridículo.

Diante de um júri de hipócritas, eu apenas direi: não confesso, mas também não me defenderei.

Num primeiro contato, toda hipocrisia acontece. Numa despedida, não há censura.

A sinceridade hipócrita tempera o homem de hoje de uma maneira muito contundente.

Você tem duas opções caríssimas: ou você se assume como pecador ou você nega o pecado e se assume como hipócrita. Escolha.

A relação humana exige uma dose muito alta de hipocrisia. Eu não estou apto pra ela. Ou será que eu estou sendo hipócrita agora?

Sobre política

A estrada para a democracia só pode ser construída visceralmente, organicamente pelo voto popular e direto, senão não chegaremos lá.

Só entendo política se ela for libertária, criativa e justa.

Em política, quem não tem lado, está preparado para tirar vantagens dos dois lados.

Maior do que o judiciário, maior do que o legislativo, maior do que o executivo, é o povo. Ou os outros não terão razão de existir.

Quando eu votei pela primeira vez, isto é, quando conquistamos a liberdade de poder votar pela primeira vez depois de um longo e tenebroso inverno, não era ainda para presidente, mas já era alguma coisa. Eu, diante do fato e da liberdade, pus um terno para ir votar. Um terno ridículo, mas ele levava em meu corpo a liberdade. O cheiro da liberdade. A vivência da liberdade.

7 de Setembro é o dia em que se comemora uma independência que, de fato, não ocorreu até hoje.

Deputado, por favor, encarecidamente, deixe meu pau em paz.

Não tenho nem o direito de dizer "foda-se o Brasil", porque o governo já fez isso antes.

Tudo bem, errar é humano. Desumano é ser Ministro da Educação.

Com o exercício do meu voto, eu dou emprego a uma porrada de políticos. Neste momento, por exemplo, eu estou pensando em terceirizar mais ou menos uns 231 deputados. Acho que vou terceirizá-los. Tenho esse direito, sou patrão através do meu voto.

Se gravarem o presidente dando o rabo, os seus correligionários dirão que é apenas um procedimento oftalmológico.

Alguns teimam em dizer que a democracia exige alternância no poder. Eu não acho isso muito certo e justo. Eu acho, sim, que a democracia exige voto, e tendo voto, é poder legítimo.

Só existe uma chance do retrocesso continuar. É se nós, da ala progressista desse imenso Brasil, nos dividirmos. Sim, a nossa imaturidade pode ser a nossa autodestruição. Por favor, pensemos juntos de mãos dadas e vamos em frente contra esse retrocesso que nos assola.

Eu queria pedir encarecidamente que não me peçam votos para amigos, colegas, irmãos, pais ou para a própria pessoa, em relação a qualquer trabalho que eu não tenha visto. Eu consideraria isso um voto de cabresto. E eu não estou querendo participar de uma eleição em que meu voto tenha sido solicitado sem que eu conheça os méritos das pessoas. Quando eu votar em alguém, é porque eu vi e gostei.

O assistencialismo cria ídolos que até enriquecem com isso, mas não cria solução.

"*O desemprego não cresceu; aumentou o número de pessoas procurando emprego.*" De um grande pensador chamado Michel. E eu, humilde pensador, lhe respondo: vai à merda!

O presidente festeja que o brasileiro está consumindo mais no seu governo, e infelizmente, meus amigos, é verdade. Está consumindo mais tarja preta.

Cada dia eu chego mais a conclusão de que a delação premiada é um sinônimo de delação paga.

Progressistas atacando progressistas é tão irracional quanto votar no capitão.

Num debate, quase todos os candidatos prometem fazer as coisas principais do seu governo no primeiro dia, no máximo em uma semana. Então eu acho que podiam diminuir o mandato para um mês, mais ou menos, que já estaria tudo resolvido.

Amarula: quando os animais africanos comem, chupam e se deliciam com a amarula, eles ficam numa paz entre eles, que o carnívoro respeita o herbívoro e vice-versa. Eu gostaria que o eleitorado brasileiro consumisse um pouco de amarula.

A direita não precisa ser obrigatoriamente fascista.

Uma democracia falsa existe, normalmente, conquistada através do voto. Mas um voto induzido pela falsidade e pela mentira.

Demonstrando a minha total imparcialidade com o nosso governo atual, eu estou aqui para elogiar pela primeira vez o nosso presidente, por ele ter feito uma autocrítica maravilhosa, quando numa entrevista disse que "*não foi feito para ser presidente, que foi feito para ser militar*". Agora temos que torcer para que as forças armadas o aceitem de volta. Obrigado, presidente, pelo seu discernimento. O primeiro, depois de anos.

Cuidado ao falar da foto do buraco negro, porque esse governo aí, com sua capacidade de sempre, pode considerar que você está fazendo um comentário pornográfico.

Senhor (ex) Ministro da Educação, o senhor acertou. O Nordeste não precisa de aula de filosofia. Sabe por quê? Porque eles já nasceram filósofos. O senhor, não.

O cartão corporativo da presidência devia ter como obrigatoriedade a transparência.

Jornalistas, uma dica: registrem, registrem sim, porque a história tem que ser contada. Registrem sempre. Mas não divulguem. Não divulguem, tá ok?

Vai daqui a minha sugestão: por que não fundar o PIB, hein? Partido da Ignorância Brasileira. Estaria explícito.

Em tempos de pandemia, a distância mínima regular para preservação de duas pessoas é de 2 metros, mais ou menos. No mesmo caso, a distância mínima entre uma pessoa e um fascista contemporâneo seria de 2 ou 3 séculos, mais ou menos.

Disse que vai acabar com os corruptos e bandidos. Isso aí tá me soando como uma carta de despedida de um suicida.

A crise sanitária no Brasil se tornou uma crise política. E a crise política no Brasil se tornou uma crise sanitária. Haja esgoto!

Achei magnânima a atitude da ex-secretária de Cultura, que depois de ser uma estrela do Brasil inteiro, recomeça tudo sendo figurante. Sucesso!

O governo diz que o Brasil está estabilizado. Até que enfim. Só que eles esquecem de dizer que está estabilizado no fundo do poço.

Os últimos momentos do Brasil têm sido de uma loucura incrível. Eu, por exemplo, sempre conheci a direita, a esquerda e o centro. Conheci a direita radical, a esquerda radical e o centro. Um dia, um certo ator, conhecido até, porém não bom dentro dos meus critérios, falou pra mim com todo seu gás de pulmão: "*Eu sou de centro radical!*" Sim, centro radical. Eu olhei pra ele com meu olhar de peixe morto e falei: meu amigo, pega seu centro radical e enfia no seu cu central.

Um legislativo sensato mais um executivo sensato mais um judiciário sensato. O somatório disso tudo, obrigatoriamente, nos fará ter uma sensata democracia.

O Brasil está se inviabilizando enquanto pátria. Porque a pátria requer um sentimento de orgulho, de satisfação, de carinho, de desejo de ser filho desta pátria. E o Brasil está se inviabilizando. Não sei onde chegaremos.

Sobre músicas

"*Ligar pra quê? Se é pra não dizer nada. Prefiro a solidão sozinha, que a solidão acompanhada*". Eu fiz isso há tanto tempo que eu já nem me lembro quando.

"*Ó linda imagem de mulher que me seduz. Ah, se eu pudesse, tu estarias num altar. És a rainha do meu sonho, és a luz. És malandrinha, não precisas trabalhar*". Isso é um verso da canção "Malandrinha", de Chico Alves. Eu a considero uma das músicas mais lindas do mundo.

Há algum tempo, eu gravei vários trechos de músicas que eu considero a música que o homem faz para exaltar a mulher. Eu fiz tantas que até virou um curta. E agora, estou tentando resgatar no instagram. Vamos lá: "*você sabe o que é ter um amor, meu senhor, ter loucura por uma mulher, e depois encontrar este amor, meu senhor, ao lado de um tipo qualquer*". Pois é: Lupicínio Rodrigues. Mais um grande homem; mais um grande compositor.

Eu sempre achei que esse hino foi feito pra mim: "*Eu sou apenas um rapaz, latino americano, sem dinheiro no banco, sem parentes importantes e vindo do interior*". Pois é, Belchior, somos iguais.

"*Tire o seu sorriso do caminho, que eu quero passar com a minha dor. Hoje pra você eu sou espinho, espinho não machuca a flor.*" Ah, Nelson Cavaquinho. Eu tive a sorte e a honra dele cantar isso pra mim numa mesa de botequim em Niterói, depois de várias cachaças e vários conhaques. Isso que é sorte.

"*Na vida da gente, nada se perdeu, a razão da semente é que o fruto morreu, teu beijo de Judas valeu pra contar, e cantar a paixão segundo eu. Vou embora, com Deus e Nossa Senhora - e com minha viola*". Grande Candeia.

Eu já ouvi Cartola, Nelson Cavaquinho, Herivelto Martins, Maísa, Chico Buarque, Gil, Caetano, Alceu Valença, Noel Rosa etc etc etc. Agora eu tô ouvindo Mumuzinho. Será que eu evoluí?

Quando uma sociedade compõe, canta e ganha dinheiro com uma música chamada "meu pau te ama", é apenas um incentivo ao assédio ou é mau gosto mesmo?

João Gilberto é processual. Nunca chegou ao fim e nem vai chegar depois de morto, porque é música em processo, mutante a cada dia.

"*Triste redentor, braços abertos sobre a Guanabara*". Desculpa, Tom Jobim. Mas foi irresistível.

Sobre diretas já

Sem admiração, não há tesão.

O improvável é sempre o mais provável de acontecer.

Não existe linguagem fora do prazer.

Opinião sem informação é como atirar no escuro.

A beleza, para ser perfeita, tem que ter algum defeito.

Pior que não admirar, é deixar de admirar.

A miscigenação produz os frutos mais gostosos.

Amores acabam. Dores ficam.

O desinformado com opinião é uma anomalia constante nas redes sociais.

Tem gente que não convive bem com a vida.

Quem vê maquiagem, não vê coração.

É melhor ser malicioso do que inocente.

Darwin errou feio. O homem é a involução do macaco.

O ódio não pensa. Mata.

A inocência é um pecado mortal dos mais mortais.

A burrice não é pecado. É apenas um castigo de Deus, se é que ele existe.

A má fé também não é pecado. É escrotidão mesmo.

Realmente, este país não é para principiante, não. É para escrotos.

Se você não focar no presente, você estará vivendo em off.

A lei pode ser injusta. Muito injusta se não for levado em conta o bom-senso.

Um dia, quem sabe um dia, o amor se encontre com a poesia.

Quem se abastece de supérfluo, vazio está.

Não poste sem pensar.

Às vezes, não basta querer o bem. Tem que fazer o bem.

Se lhe falta caráter, até a solidão do seu banheiro lhe acusa.

A pior ideologia é a ideologia do dinheiro.

Voto: arrependei-vos e serás perdoado.

O acerto pode desconstruir o homem. O erro pode construir.

Perder é uma experiência eterna. Vencer, dura apenas a comemoração.

Pesquise sempre além do que te informam.

Em duelo de ególatras, todo mundo sai perdendo achando que ganhou.

A paciência é uma virtude.

Para fugir do calor, Olimpíadas de inverno.

Dos olhares dos pequenos toques, surgem os grandes abraços e beijos.

A mulher é a vitória da poesia de goleada.

Tão certo quanto "gentileza gera gentileza", "gente lesa gera gente lesa".

Não tenha medo de errar. É a única chance que você tem de acertar.

Quando a justiça falha, ela falha mais do que as outras instituições.

A desumanidade só encontra abrigo no ser humano.

Tem gente que é mais. Muito mais. Mas ainda não chegou no nada.

A simplicidade deve ser o evento mais sofisticado do homem.

Aos adoradores do mercado, cuidado. O mercado é mais embaixo.

Filosofar sobre a morte é fácil. Entendê-la é muito difícil.

Tem intelectual que é intelectual de cadeira: se levantar, tropeça.

A vida é um caminho que a gente se atrasa voluntariamente para chegar ao final.

Nada mais emocionante do que uma despedida.

O tempo não vale nada. O que vale é o momento.

Como vai a vida? A vida vai.

A fome tem fome.

O problema não é a ignorância. É optar por ignorar.

A imbecilidade é uma redundância. A imbecilidade é burra.

Nenhuma luta é inglória. A história é muito maior do que o agora.

O dinheiro não pode ser uma medida de valor humano.

Uma das coisas mais gostosas do mundo é saber ser insignificante.

A perfeição é uma hipocrisia.

Tem gente que da gente escolhe ficar com saudades.

A omissão é a pior opção.

A plenitude da morte é a total inexistência.

A melhor amiga do homem é a solidão. O resto é papo furado.

O consumismo é uma decorrência inequívoca da falta de amor.

Alerta urgente: cuidado com burro com iniciativa e alienado com opinião.

A abstinência sexual é total, a não ser que você consiga trepar na goiabeira.

Não foi Deus quem inventou o homem. Foi o homem quem inventou Deus.

No teatro e na vida, todos os erros são bem-vindos.

A humildade pode ser um sinal evidente de arrogância.

Não há esperança fora do homem, portanto, o homem é Deus.

Ator, quando busca a graça, é a maior desgraça.

Cantar não é esforço. Cantar é a plenitude do prazer.

Em casa de puritana, a hipocrisia é soberana.

Não entendeu os tempos. Perdeu-se no tempo.

Sem pecado, não há felicidade.

Mais vale uma incerteza na mão do que várias certezas voando.

Cuidado. Como o próprio nome diz, a dita é dura.

O riso mais dialético é o riso sem graça.

Não adianta propor pensamento a quem não pensa.

O ser humano carece de ser humano.

Propor jejum ao povo brasileiro é no mínimo uma redundância.

Estudar é bom, muito bom. Mas quem inventa é o curioso.

O que seria da lógica se não houvesse as contradições?

Teatro é o ato mais democrático que existe.

Para sempre nunca ditadura.

É verdade. O Brazil com Z não conhece o Brasil com S.

Que seja platônico enquanto dure.

Em particular ao mundo, beijos eternos e para sempre.

Se você entender um texto, não precisará de pontos e acentos.

Em briga de dois escrotos, quem perde é o povo.

O ser humano, para ser pleno, tem que se expressar.

Cuidado, a obviedade pode surpreender um dia.

Só humanos desumanizam a humanidade.

Amor é o bem mais barato que existe. Não tem preço.

Só os privilegiados têm motivos para sentir saudades.

Um texto só fica rico quando você dá a ele uma infinidade de leituras.

A liberdade é o único veículo que pode te levar a plenitudes.

Quem não foi chifrado na vida, por favor, levanta o chifre.

Na prática do sexo oral, não é fácil conversar.

Tem gente que não sorri. Apenas contrai a face.

Ser pai é nunca deixar o telefone celular desligado.

A vida é um processo de adaptação constante. Não para nunca.

Ter caráter inviabiliza mais o homem do que não ter caráter. Esse pode levá-lo longe.

Dormir e sonhar é o máximo de aventura que você consegue nesse momento.

A verdade geralmente é falsa. A falsidade geralmente é verdadeira.

A esperança é uma utopia a ser realizada.

Com apenas um passo, você pode aprender tanta coisa...

Sobre rapidinhas

Penso, logo tô fudido.

Só faço o que me é permitido. Por mim mesmo.

Em verdade vos digo: sou cult e grosso.

Eu vivo regularmente desregrado.

Meu passado me coordena.

Não sou de orar, mas sou de desejar que tudo corra bem.

Proponho: Imbecilidade e Progresso.

Acabamos de constatar: são canalhas do mesmo saco.

Se é assim que queres, assim seremos.

A minha retina é o meu arquivo mais confidencial.

Tem coisa boa que a gente tem que evitar, até pra preservar a coisa boa.

Sem ter o que dizer, eu digo "pois é".

Eu nunca estou sozinho. A minha cabeça é dialética.

Gosto de pessoas simples. São as mais sofisticadas.

Não me subestime. Eu sou muito pior do que você pensa.

Estando o mundo do jeito que está, desconfio de pessoas felizes.

Sou minuciosamente louco.

Eu conheço tanta gente que eu não conheço.

Não me culpes de nada. Eu sou apenas culpado de tudo.

Meu voto é sempre a favor do ser humano.

Não é meu estilo morrer sem reagir.

Ao discriminar o ignorante, somos mais ignorantes do que ele.

Eu duvido de quem não tem dúvidas.

Trabalho brincando. Mas nunca brinco trabalhando.

Eu tenho plena consciência da minha total inconsciência.

Vou-me embora, vou pra longe, só pra me encontrar com a saudade.

A ignorância produz várias análises políticas risíveis. Então, só me resta rir.

Só não sou ateu porque eu sou à toa.

Quero ser substantivo, mesmo porque, eu odeio adjetivo.

Infelizmente, eu não estudei. Mas felizmente, eu pratiquei.

Minha casa fala inglês. Eu fico de fora falando português.

Ser feliz é uma pretensão. A mim me basta, apenas, não ser infeliz.

Sou galho discreto esperando pouso tímido.

O meu verbo é fazer, e eu faço. E se erro, repito até aprender.

Eu sou o mais novo analógico influencer. Sigam-me!

Chegamos à Idade Mídia.

Me parece que o Brasil foi lobotomizado. Será?

Se eu fosse normal, eu não seria minimamente feliz.

Ontem à noite eu morri mais um pouco. Marielle presente.

Sou apenas um cuspidor de ideias de diferentes texturas.

Não gosta do que eu penso e falo? Não ouça. Poupe-se.

Marquei comigo e não fui.

Eu não tenho padrão. Eu sou despadronizado.

Não sei comer sem cheirar.

Me sinto legal sendo uma incógnita. Decifra-me ou te devoro.

Eu não só falo merda. Eu faço.

Nunca me lembro do que fiz. Sempre me lembro do que não fiz.

Não sou grosso. Eu só não tenho paciência.

Eu posso até não me lembrar, mas esquecer, jamais.

Meus pensamentos falam por mim. É só ouvi-los.

Eu sou forte o suficiente para ser fraco.

Só me falta ser bonzinho, mas isso eu não sei ser.

Eu nunca estou certo de nada, e isso me dá uma liberdade imensa.

É impossível conviver comigo e não me ensinar nada.

Eu, bêbado, me desequilibro. Mas eu caio muito depois de você.

Feliz de mim que posso sentir falta do Brizola.

Talvez me reste um papel ingrato: o papel de testemunha do fim.

Eu não perco a esperança nem morto.

Eu sei perder. Espero que eles saibam vencer.

Tem horas que eu fico pensando: só nos resta confiar na história.

O ser humano tem me decepcionado muito. E o pior, eu sou um deles.

Sendo inibido, crio personagens para falar com você.

Até quando morto, eu ainda serei um projeto inacabado.

O texto me guia. A pausa me ilumina.

Em minha vida, qualquer referência é apenas plágio.

Não gosto de pessoas normais. Elas são muito complicadas.

O que me incomoda é a sua infelicidade. A minha, eu me viro, deixa pra lá.

Ou nos juntemos agora ou morreremos sós, cada um com a sua agonia.

Não perco a pose, mesmo ela sendo decadente.

Eu sempre acho que toda morte é precoce.

Não espero nada de ninguém. Por isso vou indo na frente.

Se há uma coisa que eu gosto é de ejacular pensamentos.

Descobri: as fossas falam.

Quando eu digo que vou, é porque eu venho.

Me tirem o emprego, mas não me tirem o trabalho.

Vou dar uma trombada na trombose. Vamos ver se ela aguenta.

Nós precisamos de nós.

Pois é. Sou cordeiro em pele de lobo.

Vivo em surto, mas de vez em quando fico pior.

Se morrer é descansar, eu prefiro viver cansado.

Surto. Logo existo.

Eu não sonho com dinheiro. Eu sonho com trabalho.

Se eu não improvisar, eu não estarei vivendo.

O vírus era invisível, até que eu vi ele falando na televisão.

Não sei se vivi. Mas experimentei pra caralho.

Do amor, a parte que eu mais gosto é o desentendimento.

Meu projeto de vida é a próxima respiração.

Tenho tudo, menos febre.

Claro que eu erro, mas eu não sei viver sem propor.

Cada dia que eu vivo, é uma aula a mais na minha vida.

Tô testando o tempo, só pra ver quanto ele aguenta.

Não me peça opinião, porque eu costumo ser sincero.

Sou capaz de ficar dias só falando bobagens sérias.

Ser ou não ser. Sei lá porra.

O erro me atrai como o piscar de um vagalume.

Por que você me atrai? Por nada e por tudo.

O humor é a única coisa que eu levo a sério.

Contra esse abstrato vírus, lanço os meus pensamentos concretos.

O ridículo é a minha maior fonte de alimentação.

Fiz um exame de consciência e o resultado não foi dos melhores não.

O prazer é meu guia e nada me faltará.

A noite me acorda mais que o dia e me convida para dançar.

Independente do texto, a minha pausa será sempre progressista.

Estamos ilhados. Temos que aprender a nadar. Urgente. Meu humor não tá pra peixe.

Sempre e para sempre: antifascista, antirracista, anti!

É engraçado certas situações onde a gente é explícito, porém sem ser.

Gozei? Gozei. Gozo? Gozo. Gozarei? Não sei.

Sobre porra nenhuma

O amanhã pode vir amanhã, ou depois, ou depois. Ou depois. Nunca saberemos quando o amanhã vai parar de vir.

Somos todos criticáveis. Uns mais, outros menos, dependendo da merda que cada um faz.

A pior coisa que acontece quando você está comendo um pudim é que ele acaba.

A expectativa desgasta o homem, pois o coloca de tocaia o tempo inteiro esperando a vida.

Não dá mais pra esconder. Hoje, o que nos une de maneira muito mais profunda é o ódio. O amor tá perdendo.

Às vezes, a grossura pode ser apenas uma verdade dita com impaciência.

O grande problema da classe média é a identificação que ela tem com o que não é.

O fato de, num casal, os dois serem completamente diferentes, não inviabiliza uma relação. Ao contrário, quanto mais diferentes, mais complementares eles poderão ser ajudando um ao outro. É só tirar o egoísmo da pauta desta relação.

Eu estou aqui pensando e chegando a uma conclusão otimista: o nosso fundo do poço é tão profundo que a qualquer hora a gente chega ao Japão. Lá está melhor que aqui.

Não se impressione com a riqueza material. Ela pode ser de uma pobreza espiritual inominável.

O segredo para se dar bem com todo mundo é fácil: é só não ter caráter nenhum.

Se você nasceu numa família carente, agradeça a oportunidade. Você pode vencer na vida sozinho.

A burguesia não chega a feder graças aos perfumes caros que usa. Mas que é uma merda, é.

Eu vejo várias autoridades municipais, estaduais e federais falarem em profissionalizar o carnaval. Engraçado: eu penso em amadorizar o carnaval.

O que que eu tenho com a bunda do outro? O que você tem com a bunda do outro? Portanto, lave sempre a sua e vá em frente.

Se você tem problemas com o tamanho do seu pênis, eis a solução para que sua auto-estima revigore: compre uma estátua grega nua em tamanho natural e ponha ao lado da sua cama. Todo dia de manhã, ao acordar, você tira sua roupa, olha pro seu pau e olha pro pau da estátua grega. E você verá, meu irmão, que você está bem na fita, porque as estátuas gregas...nossa senhora.

Nos dias atuais, o Picasso não poderia existir no Brasil. Não pela obra, mas pelo nome.

O impulso mais salutar para um ato de coragem é o medo. Sem medo, a sua coragem não valerá de nada, porque ela não tem subsídio. Seria apenas uma loucura.

Como dizia a poesia: eu adoro um banheiro cheio de calcinhas coloridas penduradas como uma noite de São João.

Você acha que a beleza é tudo que você descobre? Tá errado, não é não. Ela é muito mais que isso, e você, fatalmente, não vai descobrir.

Às vezes a desinformação não é apenas a desinformação, mas uma livre opção pelo obscuro.

É mais fácil você ganhar a mega sena da virada do que ser entrevistado num instituto de pesquisa.

Se você ejacular uma vez por ano, sua ejaculação nunca será precoce. Pelo contrário, será bem atrasada.

Para os ricos, o superficial é mais importante que o essencial, enquanto para os pobres, até o essencial lhes falta.

Ao falar, é muito importante ser sincero. Mas importantíssimo mesmo é ser sincero ao ouvir.

O único requisito que um juiz deveria ter para ser um juiz, é que ele se julgasse em primeira mão igual a qualquer outro ser humano.

Para vencermos no momento e para vencermos no futuro, precisamos ser tolerantes e compreensíveis entre nós agora.

O país em que a mulher de bunda grande acha que tem que estar na fila preferencial do banco, é, realmente, uma bunda.

Por mais paradoxal que seja, no momento vivemos um moralismo a serviço da sacanagem.

Só sei que o professor é o mais importante dos desafios dentro de uma nação.

Geralmente, a classe média impõe aos seus filhos como meta final a faculdade, a universidade. E não é. Estas são apenas um meio a mais de fazer com que seus filhos participem de forma clara, objetiva e para melhor de uma sociedade. Sem isso, a faculdade é apenas um banco escolar.

Na mão da criança, um livro. Na mão do adulto, um livro e uma carteira de trabalho assinada.

Não tenho muitas vidas. Tenho uma só. Portanto, essa é a única oportunidade que tenho de ser igual.

A ignorância está vencendo, mas não se preocupem, porque a ignorância tropeça nela mesmo.

No meio do Brasil, tem um coração. E no meio do coração, tem uma trincheira. Nela, cabemos todos nós. Vamos pra lá.

Disseram por aí que o homem comum abriu mão dos direitos humanos para ter comida na mesa. Eu fiquei pensando que é incompatível ter comida na mesa com os direitos humanos. Engraçado, eu achei que isso fizesse parte dos direitos humanos.

A beleza física é visível, facilmente de ser constatada a olho nu. Não precisa nem de muita inteligência. Já o gostoso, é misterioso. Tem que ser no mínimo experimentado.

Uma obra de arte se define como tal quando você, diante dela, perde a respiração e seu espírito se extasia.

O brasileiro é tão engraçado que até pra entrar num puteiro faz o sinal da cruz.

Não tenho certeza que o infinito seja infinito. Mas a liberdade tem que ser infinita.

Quer ser feliz? Viva seus desejos, mas não os exponha, pois há muitos indesejáveis no mundo.

A única maneira segura de esconder seu sexo é ficando nu. Assim, você não tem nenhuma cor sobre si para dizer se é homem ou mulher.

O ser humano tem que ter pelo menos um pouquinho de defeito. Afinal, a perfeição é um saco.

Enfim, uma esperança: o cara que autorizou a compra de armas não vai poder andar armado porque não passou no psicotécnico.

Não nos impedirão de criar. Não notarão que estaremos criando. Não tem agora, nem terão jamais, sensibilidade para nos notar.

A prostituição, tanto masculina quanto feminina, tem o seu preço. Às vezes, o preço mais alto é o casamento.

Pra onde o Brasil vai, eu não sei, mas que ele não está no caminho do céu, eu sei.

A única solução pro Brasil e pro mundo seria a empatia. Empatia total, geral. No entanto, nós estamos vivendo a antipatia.

Oitenta tiros por engano. A pergunta é: quantos tiros seriam se não fosse por engano? Só pararam quando tiveram certeza. Da morte.

Pastor, pastoreia o seu rebanho e deixe os desgarrados como eu apenas pastar. Assim, serás feliz pensando que pastoreia, e eu serei feliz pastando.

Nos últimos tempos, os juízes não estão julgando. Estão condenando sem provas ou libertando com provas.

Referências não morrem. Continuam com a gente até o dia que a gente possa ser referência também.

Quando trocam o Saci Pererê pelo Super Homem… é, realmente, a nossa cultura foi pras picas.

O pessoal que acredita em mamadeira de piroca tem tanta certeza disso que eu acho que até experimentaram.

A única possibilidade de existência da arte está no processo. Apenas no processo.

Ao que me parece, no futuro, o Brasil continuará sendo o país do futuro, por tempo indeterminado.

O não saber provoca uma dor infinita. O saber é uma dorzinha pontual. Não se estende; acaba.

Às vezes a inocência pode provocar um mal bem maior do que a própria maldade.

A pior coisa que pode acontecer a um país é ele deixar de ser orgulho pros seus filhos e filhas.

O Brasil está infestado de cidadãos de bem. Mas, reparando bem, eles não são bem cidadãos.

Tem gente que carrega uma incapacidade tão grande dentro de si que nem pra ser ajudado serve.

A palavra "classe" não deveria ter plural: "classes". Por que, classes? Afinal, não somos todos iguais? Uma classe só.

Se você acha que é normal a discriminação por sexo, por raça, por condição social e etc., o único anormal é você.

Tem certos corpos que são levados pela plástica e pela malhação a verdadeiras deformações em movimento.

Foi preciso que um vírus terrível viesse nos ensinar que não existem fronteiras no mundo. Ouviram, podres poderes?

A gente é muito grande, enorme mesmo. Mas tem horas que os fatos são maiores que a gente.

É fundamental para a manutenção de um casamento aprender a não falar enquanto dorme. Só um aviso.

A classe média é no mínimo inqualificável. Ela é capaz de comprar uma sepultura num cemitério qualquer, e achar que, a partir daí, é a dona do mundo.

Os relacionamentos são feitos por etapas, todas elas muito difíceis. Talvez seja por isso que os relacionamentos me atraem.

Só uma mãe consegue transformar uma quarentena, que tem tudo pra ser chata, numa reunião prazerosa e cheia de descobertas.

Genericamente, separações não existem. Porque, genericamente, ninguém vive junto. Genericamente, somos todos sozinhos.

Se observarmos, mesmo que superficialmente, constataremos que as minorias são a grande maioria.

Sonhar com o que não aconteceu não é loucura. É apenas uma necessidade a ser preenchida.

Quando não sabemos do futuro, as reminiscências do passado nos alimentam.

O tempo é a abstração mais sólida que se concretiza assumindo diversas formas em cada ser humano, até encontrar-se, e irremediavelmente com fim no seu próprio e concreto tempo. O tempo não é coletivo. O tempo é individual.

Sobre a vida e a morte

A vida é ficção. A única realidade é a morte.

A pior discriminação que existe é olhar um fato com um só ponto de vista.

A única coisa que temos de absolutamente pessoal é a morte. Nem o nascimento se compara.

A vida é uma passagem que não pede nem "com licença" nem "por favor". Simplesmente ela passa.

A morte não faz nenhuma exigência. Quer dizer, apenas uma: a sua vida.

A vida é o verdadeiro mistério. A morte é uma reles certeza.

Tranquei a porta pra morte não entrar. Mas não adiantou. Ela já estava lá.

Nos últimos tempos, a minha geração começou a morrer, e grande parte dela morre dormindo. Eu então comecei a ter insônia, muita insônia, afinal de contas, eu quero estar acordado pra sair na porrada com a morte.

Tem gente que só tem um único projeto na vida: ser rico. E isso, convenhamos, é muito pobre.

Nos é dado um tempo de passagem por este planeta. Alguns mais, outros menos. Mas se não exercermos esse tempo guiados pela palavra "solidariedade", seremos apenas um merda nessa passagem. Um merda expelido por um cu qualquer.

Se eu estiver morrendo e você não quiser que eu morra, me leve pro palco mais próximo e eu ressuscitarei.

Enquanto sentirem a tua falta, você estará vivo. Tente merecer isso.

Eu vou morrer um dia. Aliás, todos nós vamos morrer um dia. Mas eu gostaria de antecipar a minha pós-morte e ter conhecimento das suas opiniões sobre mim. Quer dizer, que me elogiem em vida, e ao mesmo tempo, que falem mal de mim também em vida. Eu agradecerei muito aqueles que me elogiarem, mas agradecerei muito mais aqueles que me apontarem defeitos, porque aí, eu, ainda vivo, terei a chance de me recuperar aos seus olhos, se isso valer a pena.

Quando eu morrer, eu quero morrer tentando ser feliz. Essa é a única coisa que me move.

Tem uma corrente que diz que não existe vida após a morte. Eu concordo com ela. Mas eu acabei de descobrir hoje que existe uma outra corrente que diz que tem gente que já está morta em plena vida. E essa tem açoitado e acometido vários brasileiros que não são mortos vivos, mas são vivos mortos. Mas eles ainda têm tempo de se recuperar, até que a morte acabe com eles de vez.

O infinito é uma particularidade que só existe na vida. Quando se morre, só existe o finito.

Meu sonho é morrer contemporâneo. Não sei se conseguirei, mas vou viver tentando.

Eu rio de quem planeja a vida, porque a vida não se planeja. Ela tem uma autonomia que você é incapaz de domar.

Nem todos nascem. Mas todos morrem. A morte é o acontecimento democrático mais perfeito que existe. Todos morreremos um dia. Isso é democracia.

Toda noite, antes de dormir, eu penso na possibilidade da morte se aproveitar do meu sono e me assaltar, levando a minha vida. Ela é covarde. Tenho certeza que ela não me atacaria de dia, acordado. Porque aí, eu lutaria. Lutaria até a morte.

Pra você que não acredita, a simpática efusiva e sem noção é capaz de chegar num velório cumprimentando todo mundo. Dirige-se ao defunto e lhe dá parabéns pelo ocorrido, afinal, ela é sem noção. O mais importante é manter a sua simpatia social e demonstração de intimidade abrangente sem discriminação. Só pra avisar, essa senhorinha existe, é eterna, e vive visitando os velórios. Aguarde.

Morrendo, não me enterrem, pois tenho claustrofobia. Não vão me cremar. Longe disso, eu sinto muito calor e odeio fogo. Não me joguem no mar, pois meu corpo não poderá ser estraçalhado por tubarões. Também odeio tubarões. Me coloquem no meio da pracinha da cidade, deixem que as aves comam as minhas vísceras, e depois levantem voo ao terminar o regalo. Então, eu estarei nos céus realizando um desejo de vida. Afinal, voar é com os pássaros!

VERMELHO MARINHO